GALOCHE

TOUT UN CADEAU !

Catalogage avant publication de Bibliothèque et Archives nationales
du Québec et Bibliothèque et Archives Canada

Brochu, Yvon

   Galoche, tout un cadeau!

   (Galoche; 15)
   Pour les jeunes de 9 ans et plus.

   ISBN 978-2-89591-227-9

   I. Lemelin, David. II. Titre. III. Collection: Brochu, Yvon. Galoche; 15.

PS8553.R6G37 2015   jC843'.54   C2014-942225-3
PS9553.R6G37 2015

Tous droits réservés
Dépôts légaux: 1er trimestre 2015
Bibliothèque nationale du Québec
Bibliothèque nationale du Canada
ISBN 978-2-89591-227-9

© 2015 Les éditions FouLire inc.
4339, rue des Bécassines
Québec (Québec) G1G 1V5
CANADA
Téléphone: (418) 628-4029
Sans frais depuis l'Amérique du Nord: 1 877 628-4029
Télécopie: (418) 628-4801
info@foulire.com

Les éditions FouLire reconnaissent l'aide financière du gouvernement du
Canada par l'entremise du Fonds du livre du Canada pour leurs activités
d'édition.

Elles remercient la Société de développement des entreprises culturelles du
Québec (SODEC) pour son aide à l'édition et à la promotion.

Elles remercient également le Conseil des arts du Canada de l'aide accordée
à leur programme de publication.

Gouvernement du Québec – Programme de crédit d'impôt pour l'édition de
livres – gestion SODEC.

GALOCHE

TOUT UN CADEAU !

YVON BROCHU

Illustrations
David Lemelin

ÉDITIONS
FouLire

Au moindre bobo, les humains s'énervent d'une façon exagérée. Un peu comme nous, les chiens, devant un chat… La différence ?
La race humaine aspire à la guérison, pas nous !

Quel plaisir fou que de courir après un chat, foi de Galoche !

Les humains devraient essayer aussi :
de quoi se garder en santé longtemps, juré, jappé !

N'oublie pas qu'il me fait toujours plaisir
de t'accueillir dans ma cyberniche
www.galoche.ca

LE GRAND BING-BANG

Nous sommes vendredi, en fin d'après-midi. Ma douce Émilie devrait avoir terminé l'école. Son amoureux, Pierre-Luc, est parti en vacances avec son père, qui est ministre des Transports. C'est aussi notre voisin et un ami de la famille Meloche. La mère d'Émilie s'est inquiétée:

– Pierre-Luc va perdre beaucoup de journées d'école, Henri-Paul!

– Ne t'en fais pas, Marilou, tout est arrangé avec son enseignante!

Moi, Galoche, je suis très heureux que Pierre-Luc fasse ce voyage. C'est rare qu'il soit avec son père: ce dernier

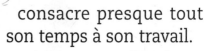

consacre presque tout son temps à son travail.

Mais, pour l'instant, je t'avoue que mes pensées sont ailleurs. Grimpé sur le fauteuil de velours, dans le salon, les deux pattes de devant sur le haut du dossier, le cou allongé et la tête dans la grande fenêtre, j'ai les nerfs en boule de poil. S'il fallait que Marilou me voie, j'aurais droit à tout un sermon !

Je me rassure en me disant que Marilou doit être en train de rédiger un autre rapport ministériel. Je ne l'ai pas vue de l'après-midi. La mère d'Émilie travaille pour le gouvernement, comme le père de Pierre-Luc. Elle est sous-ministre et elle demeure souvent à la maison pour rédiger des documents.

Ce qui m'inquiète par-dessus tout, en ce moment, c'est ma Douce. Depuis quelques jours, elle rentre tard. Je la vois s'arrêter au coin de la rue et disparaître derrière une haute haie. De plus, ces temps-ci, elle parle souvent d'un certain... Patrick : Patrick par-ci, Patrick par-là ! Je suis presque certain que son Patrick demeure dans une des premières maisons au coin de la rue.

Pour justifier ses derniers retards, j'ai entendu ma Douce confier à Marilou, un peu secrètement :

– C'est tellement un beau projet scolaire !

Je vois mal le lien entre ce Patrick et l'école... En tout cas, moi, Galoche, je commence à être jaloux de Patrick !

D'habitude, à son retour de l'école, ma

douce Émilie me raconte sa journée, me fait des confidences, me caresse ou joue avec moi. Un moment privilégié! Depuis quelque temps, elle entre juste à temps pour le repas. Elle me glisse un petit mot gentil et c'est tout.

Sur le fauteuil, scrutant le coin de la rue par la fenêtre, je songe: «Serait-elle en train de remplacer son *chum* Pierre-Luc, notre jeune voisin que j'aime beaucoup, par ce Patrick?... Non, là, Galoche, tu vas trop loin! Jamais ton Émilie ne profiterait du fait que Pierre-Luc est parti pour se faire un nouvel amoureux!»

Mes deux pattes arrière se mettent à trembloter. Je les sens ramollir. J'ai l'étrange impression de me tenir sur deux pattes de toutou en peluche prêtes à me laisser tomber d'un instant à l'autre.

Ah! La voilà qui tourne le coin! Je me hisse davantage sur le dossier et m'étire le cou, tellement que ma truffe touche maintenant la vitre et qu'une petite buée se crée près de mon museau. Va-t-elle encore disparaître ?

Sur le bout de mes coussinets, je joue de plus en plus à la girafe. Je me dis : « Attention, Galoche, tu vas tomber si tu continues de grimper. » Et, tout à coup, une voix que je reconnaîtrais entre mille lance :

– Débarque de là, vieille sacoche !

Marilou ! Je sursaute et retombe... BOUM ! dans le vide. Ouille ! Tel un gros sac de patates, je me suis écrasé aux pieds de la sous-ministre. Moi, Galoche, j'ai la trouille.

– Galoche, tête de pioche, combien de fois t'ai-je répété de ne pas grimper sur ce fauteuil et de ne pas mettre le museau dans la fenêtre ?

Quel coup dur ! Non, non, je ne parle pas de cette terrible semonce de Marilou ni de ma chute brutale sur le plancher... Juste avant de débouler de mon fauteuil, j'ai vu Émilie disparaître. Elle est encore allée voir son fameux… Patrick.

Pour le moment, je ferais mieux de penser à me tasser un peu! Juste au-dessus de ma tête, j'aperçois un énorme paquet de feuilles dans la main de Marilou. Et je sens que cet épais rapport ministériel pourrait bien s'abattre sur mon coco dans les prochaines secondes, si je me fie au rouge vif, vif, vif qui teinte le visage de la sous-ministre. «On dirait une canneberge géante!» que je songe, impressionné, en me déplaçant de quelques *empattées* et en m'assoyant sagement.

– À cause de toi, il va encore falloir faire laver la vitre! hurle Marilou.

Une sonnerie se fait soudain entendre. D'un geste brusque, Marilou sort son téléphone portable de la poche de sa jupe. Elle bougonne:

– Ce n'est vraiment pas le temps de me déranger!

Puis, sur un ton mielleux qui détonne avec son visage empreint de colère, elle répond:

– Oui, bonjjjjour?

À ses côtés, je ne bouge pas d'un poil. Pas question de déranger madame la sous-ministre et de me faire de nouveau apostropher.

Silence total. J'entends seulement les battements de mon cœur. Et il bat fort, foi de Galoche!

– QUOI?

Je vois la canneberge se transformer en champignon. Marilou devient aussi blanche qu'une statue de plâtre.

– Euh… oui, oui, euh…, baragouine-t-elle. Il est à l'hôpital ?

BANG ! La sous-ministre vient d'échapper son rapport. «W-ouf ! Je l'ai échappé belle !» je me dis, en me félicitant de m'être un peu déplacé tantôt et en regardant les dernières feuilles atterrir sur le plancher comme de grands oiseaux.

– Ça s'est passé où ? demande Marilou, l'air catastrophé. Quel hôpital ?... Oui, oui, j'arrive !

Il est arrivé un malheur à Fabien, j'en mettrais ma patte au feu ! Mon instinct canin me trompe rarement. Je suis sur les crocs à mon tour.

Sans se préoccuper de moi, la mère d'Émilie quitte le salon en coup de vent. Je ne l'ai jamais vue dans un état de panique semblable. Même lors de ses pires colères contre moi.

Quelques secondes plus tard, je la vois qui fonce vers le vestibule. La porte s'ouvre brusquement. BOUM! Marilou est frappée de plein fouet par Sébastien, qui entrait comme un taureau dans l'arène. Tous deux tombent par terre. Quelle collision, misère à poil!

En toute autre circonstance, je serais mort de rire. Mais en ce fâcheux moment, je réussis à garder mon sérieux.

– Sébastien!... lance la sous-ministre, en se relevant péniblement. Combien de fois je t'ai dit de ne pas entrer à l'épouvante?

– Euh..., marmonne le frère d'Émilie, qui semble un peu sonné, je m'excuse!

Sébastien, surnommé Monsieur-je-sais-tout par mon Émilie et par moi-même, n'a peur de rien ni de personne. Il n'en fait toujours qu'à sa tête. Il me joue constamment des tours pendables. Il n'y a vraiment pas d'atomes crochus entre lui et moi. En fait, entre nous deux, il faudrait plutôt parler de rapports « atomiques » : chacune de nos rencontres se termine par une explosion, si tu vois ce que je veux dire !

Sébastien se relève. Il n'est pas grand, mais costaud. Dos au vestibule, il se penche et ramasse son iPad, ses livres et ses... BOUM ! Les yeux rivés sur un texte, en train d'écouter de la musique sur son iPod, Éloïse, qui s'amenait en trombe, vient de percuter son frérot.

– Aaaahhh !

La sœur aînée culbute par-dessus Monsieur-je-sais-tout. Les feuilles de son texte s'envolent un peu partout, ses écouteurs quittent ses oreilles, tels des bouchons de bouteille de champagne, et son minuscule appareil s'écrase sur le plancher... BING ! BANG !

– Aïe !

Sébastien vient de retomber.

Je reste gueule bée.

– Éloïse ! tonne la sous-ministre. Je t'ai répété mille fois de ne pas lire en marchant !

Empêtrés au sol, la Diva et Monsieur-je-sais-tout tentent de se relever.

– Aouuuuh !

Cette fois, malgré mon inquiétude pour Fabien, je suis incapable de me contenir devant ce spectacle digne d'un numéro de clowns. Je laisse échapper quelques petits hurlements... que je qualifierais de fous rires.

– Toi, Galoche, cesse de jouer au loup, m'ordonne Marilou. Couché !

Je reprends mon sérieux et ne bouge plus d'un poil.

– Vous deux, ramassez-vous vite, lance la sous-ministre. Votre père est à l'hôpital. Fabien a perdu connaissance au travail. Je m'en vais le rejoindre... Éloïse, tu t'occupes du souper. Émilie ne devrait pas tarder. Je vous donne des nouvelles dès que je peux.

– Mais, euh...

BANG! La porte de la maison claque. La sous-ministre est disparue et les murs tremblent encore.

Moi aussi.

J'adore Fabien. Il est tellement gentil avec moi. Presque autant qu'Émilie. Et je me fais du souci pour lui. Pourvu qu'il ne soit pas trop malade.

Pour le moment, ce n'est pas la présence de la grande Diva – le surnom d'Éloïse, qui étudie le théâtre et se prend déjà pour une vedette – et de Monsieur-je-sais-tout qui va me rassurer, ça non. Vraiment, je me sentirais mieux dans ma fourrure si ma Douce était là.

En quelques bonds, je me retrouve sur le fauteuil, aux aguets, la truffe aplatie contre la vitre. «Ah... qu'est-ce qu'elle peut bien faire chez ce fameux Patrick?...»

UN VRAI FILM D'HORREUR

INNN! INNN! INNN!

Le bruit strident du système d'alarme pour le feu résonne dans toute la maison. La cuisine est remplie de fumée.

– Teuf! Teuf! Teuf!

Moi, Galoche, je tousse comme un humain enrhumé, j'ai les yeux qui piquent et les oreilles en compote...

– Teuf! Teuf! Teuf!

INNN! INNN! INNN!

Découragé, je regarde Éloïse courir partout dans la cuisine. Paniquée, elle exécute un drôle de ballet en sautant avec une immense serviette qu'elle fait tournoyer dans les airs pour enrayer les volutes de fumée qui voyagent entre sa tête et le plafond.

Une belle performance artistique, mais ce n'est d'aucune efficacité : elle ne fait que déplacer la fumée, sans plus.

Il faut que cette sirène cesse, sinon je vais devenir fou, moi !

Sébastien a décidé de faire griller ses... beignes ! Quel idiot, celui-là ! Mettre des beignes pleins de sucre en poudre dans le grille-pain !

Je plonge le museau dans le linge à vaisselle qui pend à la barre métallique du poêle. Je tente d'empêcher la fumée de s'infiltrer dans mes naseaux très sensibles.

– Ça y est ! hurle Monsieur-je-sais-tout, grimpé sur un escabeau, dans le corridor, près de la cuisine.

Il nous montre fièrement l'appareil qu'il vient d'arracher du plafond et duquel s'échappent quelques fils. Les sons stridents ont cessé. W-ouf! Quel soulagement!

Quelques secondes plus tard, d'autres bruits viennent me bombarder les oreilles...

– Sébas, t'es malade ou quoi? lance Éloïse, déchaînée. Mettre des beignes dans le grille-pain!

– Comme d'habitude, tu t'énerves pour rien, rétorque Monsieur-je-sais-tout, l'air très détendu.

– Réalises-tu que tu aurais pu nous faire passer au feu? réplique la Diva, dévisageant son frère, qui a le sourire fendu jusqu'aux oreilles.

Je perçois beaucoup de colère dans le regard de la sœur aînée... et très peu de remords dans celui de Sébastien. En tout cas, moi, j'en ai ras le poil de toutes ces folies!

Soudain... BANG! Je me réjouis: «Émilie!» Ma Douce entre toujours dans la maison d'un coup d'épaule et ne tente jamais de retenir la porte.

En trois bonds, je suis devant elle, près de l'escalier. Elle transporte un énorme bouquet de fleurs.

– Salut, mon beau! me lance ma Douce. As-tu déjà vu d'aussi jolies fleurs?

«Et moi, tu m'avais encore oublié?...» Je lui envoie le plus affectueux des regards, mais je ne réussis pas à attirer son attention.

– Qu'est-ce qu'on mange? lance-t-elle en se précipitant vers la cuisine.

Je suis abattu. Émilie fait des cachotteries et, en plus, elle se préoccupe de moins en moins de moi. Comment ne pas m'imaginer les pires choses à propos de son fameux Patrick?

Je me secoue et je la suis aussitôt dans la cuisine. Je me retrouve… entouré de volutes blanches. J'ai l'impression de plonger dans un épais brouillard. Je m'amuse : « Les Meloche sont-ils devenus une famille de fantômes ? » Mes yeux commencent à piquer.

– Qu'est-ce qui se passe, ici ? s'étonne Émilie, immobile, tout près de moi.

– C'est juste un peu de fumée, la rassure Éloïse.

– Ça sent mauvais ! insiste ma Douce.

– Mais non, ça sent le bon feu de bois, intervient Monsieur-je-sais-tout.

– Teuf ! Teuf ! Teuf !

Je me mets à tousser comme les locomotives que je vois dans les films de cowboys que regarde souvent mon bon ami Fabien.

– Teuf ! Teuf ! Teuf !

– En veux-tu, Émilie ? demande Sébastien, en lui présentant ses beignets blancs calcinés et tout ratatinés.

– Ouache !

– Faut pas se fier aux apparences, Émilie. Ils sont très bons !

À ma grande surprise, Éloïse prend rapidement la situation en main. D'abord, elle ouvre une fenêtre ; ensuite, elle trouve un pot, le remplit d'eau et plonge les fleurs d'Émilie dedans.

– Elles sont magnifiques ! Elles viennent d'où ?

– Ah ! C'est un secret...

Un secret qui se nomme Patrick et qu'il me faut percer avant de perdre tous les poils de mon toupet à force de me creuser le coco, misère à poil !

– Où sont papa et maman ? s'inquiète soudain ma Douce.

– Euh... ils ne seront pas là pour le souper.

Éloïse s'empresse d'expliquer à sa jeune sœur les raisons de leur absence.

– Papa est à quel hôpital? s'enquiert Émilie, le visage crispé, ébranlée par cette nouvelle.

Secoué à mon tour par tout ce qui se passe, je me dis: «Elle s'imagine sûrement le pire, comme moi tantôt.»

– Je ne sais pas à quel hôpital il est. Maman ne m'a rien dit à ce sujet.

Moi, Galoche, je suis de nouveau enveloppé par quelques dernières volutes. Elles me font penser à d'étranges êtres fantomatiques. Je me replonge le museau dans le linge à vaisselle pour me protéger de l'air vicié et cesser de tousser.

– Ne t'en fais pas, ma chouette…, dit la Diva, en faisant asseoir la benjamine de la famille à la table et en déposant son repas devant elle, Fabien sera de retour bientôt.

– Tu crois?

– J'en suis certaine, ajoute Éloïse. Maman ne devrait pas tarder à nous donner des nouvelles.

Je suis étonné par la gentillesse d'Éloïse et par ses efforts pour rassurer ma Douce. Mon admiration est de bien courte durée, cependant.

– Ouache! fait Émilie, recrachant les pâtes que sa grande sœur vient de lui servir. Qu'est-ce que c'est que ça?

– Du spaghetti à l'eau de vaisselle! lance Sébas, mort de rire.

– Émilie, voyons, on ne fait pas ça! hurle Éloïse.

– Émilie, réplique Monsieur-je-sais-tout en approchant son assiette de beignets. Prends ça à la place. Même calcinés, ils sont bien meilleurs que cette *gibelotte* d'Éloïse…

– Toi, laisse-moi tranquille avec tes horribles beignets! s'énerve ma Douce, qui se retourne ensuite vers la Diva et ajoute : Je m'excuse, mais c'est pas mangeable.

Les naseaux bien enfoncés au creux de ce long et chaud tissu suspendu à la poignée du poêle, près de la porte de sortie, je suis hésitant : devrais-je m'amuser devant pareille scène ou me désespérer de vivre au cœur de cette famille pour le moins bizarre ? Si ce n'était de ma Douce que j'adore, et de Fabien que j'aime bien, je crois que l'idée de m'enfuir me séduirait souvent.

– Bon, maintenant, vous deux, cessez vos facéties et... MANGEZ !

– Tu veux nous tuer ? s'insurge Sébastien.

J'entends soudain du bruit derrière moi. Je me retourne. La porte de la cuisine qui donne sur l'extérieur s'ouvre d'un coup sec. Je vois un monstre au visage horrible et à la bouche difforme me foncer dessus, tenant une hache à la main...

Je suis knock-out.

– Où est le feu ? Où est le feu ?

BOUM ! C'est le noir autour de moi. Le néant.

J'ai le museau froid. Tout mouillé. J'ouvre un œil. Je suis dans la cuisine.

W-ouf ! Le monstre semble disparu...

D'une oreille, j'entends une voix lointaine :

– Émilie, quelle mauviette, ton chien ! Tomber dans les pommes devant un pompier !

Ma Douce m'éponge la tête avec de l'eau froide.

– Tu n'as plus à t'en faire, mon beau. Ils sont repartis.

Je retrouve peu à peu mes esprits. Sébas continue à se moquer de moi.

– Même un chihuahua t'aurait défendue : il aurait jappé, sauté, hurlé… au lieu de tomber au plancher comme une vieille vadrouille !

– Tu sauras que Galoche est un chien sensible. C'est le masque qui l'a terrorisé, lui répond mon Émilie, en prenant ma défense. Il ne pouvait pas s'imaginer que c'était un pompier.

De peine et de misère, je réussis enfin à me remettre sur mes quatre pattes. J'ai honte de ma réaction. Sur le coup, j'avoue avoir pensé qu'un extraterrestre nous attaquait. Je crois que je regarde trop de télévision avec Émilie et son père, deux maniaques de films d'horreur.

En fait, même si c'est un peu humiliant pour moi de l'avouer, il n'y a qu'une seule véritable raison pour que je regarde ces films : les crottes de fromage. Eh oui, lors de ces soirées d'horreur devant le grand écran, mes deux amis mangent toujours ces croustilles, leurs préférées. Les miennes aussi ! Et ils sont si stressés, les yeux rivés sur la télévision, qu'ils me donnent autant de crottes de fromage que j'en demande en avançant la gueule vers le bol. Voilà pourquoi je prends mon courage à quatre pattes et visionne avec eux ces films effrayants, malgré mon horreur des films d'horreur !

— Bon, débarrassez la table, les jeunes !

Pour la première fois, le talent d'Éloïse pour l'art dramatique me saute aux yeux et aux oreilles : son expression et sa voix étaient identiques à celles de Marilou.

– Hé, la grande ! lance aussitôt Sébastien. Arrête de jouer à Marilou ! T'es pas notre mère, OK ! Puis, j'ai des devoirs à faire, moi !

– Je suis d'accord pour ranger et faire la vaisselle, Éloïse, répond Émilie, plus conciliante. Mais seulement si tu nous aides.

– Moi ? Pas question ! J'ai fait le souper au complet toute seule !

– Ton spaghetti dégoulinant, t'appelles ça un souper, toi ?

– Sébas !

Avant que mes tympans explosent, je me dirige en douce vers le corridor. W-ouf ! Enfin un peu de silence... C'est si rare, chez les Meloche !

LE CONFIDENT

La soirée est très avancée. Je suis présentement dans le lit d'Émilie. Le trio Meloche s'est finalement entendu pour faire le ménage ensemble.

– Si on ne veut pas subir les foudres de Marilou...

Voilà l'argument massue qui les a finalement ralliés. Tout est maintenant rangé et propre dans la cuisine.

Mais quand j'y suis retourné en début de soirée, j'ai eu l'impression de pénétrer dans une forêt de sapins tellement Sébastien avait vaporisé de sent-bon après leur grand ménage. Comme je suis allergique au sapin, j'ai quitté la cuisine tous poils dehors avant d'étouffer.

Nous attendons toujours des nouvelles de Marilou. En ce moment, dans le lit d'Émilie, je suis affalé aux côtés de ma Douce. Il y a quelques instants, elle m'a dit:

– Excuse-moi, Galoche... euh... je dois avancer mon... projet scolaire.

Elle commence à écrire dans un carnet et marmonne du bout des lèvres ce qu'elle rédige. Les yeux sortis de la tête, je fixe mon regard sur elle.

– Cher Patrick...

Voilà ce que j'ai cru entendre... Le moment est important. Je dois en savoir davantage sur ce garçon qui accapare tellement mon Émilie. Mes millions de poils sont au garde-à-vous. Aucun trémoussement ne doit mettre en péril cette chance inouïe qui se présente à moi.

Je tends l'oreille… Que dis-je ? J'étire les oreilles comme un lapin sentant le renard rôder, je les pointe vers Émilie comme une panthère prête à sauter sur sa proie, je les fais battre comme un éléphant en colère.

Bref, je suis sur les crocs et j'ai les oreilles en compote.

– … le plus affectueux… être exceptionnel…

Mais elle écrit une vraie lettre d'amour ?… Tu parles d'un projet scolaire !

Je n'ai pas que les oreilles en compote… le cœur aussi !

Comme si la situation n'était pas assez dramatique, je parviens à décrypter d'autres bribes des paroles que ma Douce continue de prononcer en sourdine :

– … chagrins… me vont droit au cœur… câlins… de bonheur.

Elle lui écrit un poème! Je n'étais pas fou! Mes craintes de voir ce Patrick devenir son nouveau *chum* étaient donc fondées! Je suis pantois, atterré, foudroyé... et tellement peiné pour mon ami Pierre-Luc.

La porte s'ouvre lentement. Sébastien apparaît. Je suis étonné: d'abord par cette entrée tout en douceur alors que la règle générale, chez les Meloche, est de laisser la porte aller se fracasser sur le mur, ensuite par cet air triste qu'arbore Monsieur-je-sais-tout.

– Émilie, maman est arrivée. Je crois que tu devrais aller la voir.

Aussi surprise que moi par ce Monsieur-je-sais-tout méconnaissable, Émilie la poétesse descend du lit, va placer avec beaucoup de soin son carnet dans le premier tiroir de son bureau et quitte la chambre sans dire un mot.

Je m'apprête à la suivre. Deux mains m'agrippent solidement.

– Non, non ! Toi, fait Sébastien, tu restes avec moi.

Serait-ce encore une mise en scène de Sébastien pour un autre de ses tours pendables ? Avec lui, on peut s'attendre à tout.

Quelques instants plus tard, le ciel me tombe sur la tête.

Non, Monsieur-je-sais-tout ne joue pas la comédie. Non, il ne prépare pas une autre de ses farces plates. Au contraire ! Maintenant assis à mes côtés, il me dit :

– Euh... Ga... Galoche, penses-tu que... que... que Fabien pourrait être très malade? Maman ne semble pas rassurée. On lui a dit que Fabien allait passer plein de tests.

Quel n'est pas mon étonnement de voir soudain apparaître le bras de Sébastien autour de moi! Cependant, il appuie si lourdement que j'en ai le cou brisé. Je me dégage de son emprise avant d'attraper un torticolis.

– Éloïse, fofolle comme elle est... elle a tout de suite dit que papa avait une maladie grave. Quelle idée d'avoir des pensées aussi noires! Marilou l'a chicanée. Mais... Galoche... s'il fallait que ma sœur ait raison...

Mon éternel optimisme – qualité propre à notre race canine qui fait défaut aux humains – m'empêche de broyer du noir à mon tour.

Sébastien commence à me caresser la tête. En fait, je devrais écrire: à me broyer le museau, la tête, le front, les oreilles... je n'ai jamais vu quelqu'un de plus maladroit, foi de Galoche ! Est-ce son angoisse ou sa nature qui le fait agir ainsi ? Je ne sais trop.

Ah non, ah non ! Le voilà qui prend mon toupet pour un hochet ! Il ne se contente pas de jouer avec, il me l'aplatit sur le front, devant les yeux. Il répète ce manège sans arrêt.

Mon bourreau continue de m'infliger de petites tortures et poursuit d'une voix aussi douce que mon Émilie quand elle me confie un secret :

– Je... euh... je n'arrête pas de le faire fâcher, mais tu sais que j'aime beaucoup papa. Même Marilou et mes deux sœurs ! Je t'avoue que... que toutes mes folies, toutes les connaissances que j'accumule, c'est pour me faire remarquer. Je me sens tellement minus, coincé comme je suis entre Éloïse, première de classe, toujours remplie de projets incroyables, toujours en train de jouer dans une nouvelle pièce, et ton Émilie, de la vraie dynamite, la benjamine, le chouchou de la famille... et ta chouchou à toi !

Je reste sans *jappe*. Quelles confidences ! Jamais je n'aurais cru que les paroles de Sébastien pourraient, un jour, m'arracher le cœur !

– Tu comprends, Galoche ?

Je me tourne vers lui et le regarde droit dans les yeux. Un événement incroyable se produit : à l'instar de mes moments d'osmose avec ma Douce, nos regards se croisent et nous nous comprenons, comme deux humains qui se parleraient.

– Oui, Sébas, je te comprends...

– Euh... merci.

Tout est dit entre nous.

Je saute du lit et me retrouve dans le corridor pour aller rejoindre mon

Émilie, qui doit avoir bien besoin de mon réconfort. Je me sens tout penaud : «Fabien malade, Sébastien rempli de chagrin, tu parles d'une journ...»

– Psssttt! Psssttt!

Une voix m'interpelle pendant que je trottine vers l'escalier. Je m'arrête.

– Galoche!

Par la porte entrebâillée, je m'introduis doucement dans la chambre d'Éloïse.

Et quelques instants plus tard, le ciel me retombe sur la tête!

– Tu sais, Galoche, me confie la sœur aînée de la famille après m'avoir pris dans ses bras, papa pourrait bien être atteint d'une maladie grave. Sans lui dans la maison, ce ne serait pas très vivable, ici. C'est lui, avec sa bonne humeur incroyable et sa patience inouïe, qui réussit à nous rassembler. Sans papa, je ne pense pas qu'il y aurait une telle joie de vivre, ici. C'est lui qui est venu le plus souvent assister à mes pièces... et il m'encourage toujours, même après mes pires performances. Quel père génial!

Émue, plongée dans ses beaux souvenirs qui semblent intarissables, la Diva me dépose gentiment par terre.

Quelques instants plus tard, en route vers l'escalier, j'ai le cœur de plus en plus gros. Après de si belles révélations, je fais un peu piètre figure quand je songe au meilleur moment qui me vient à l'esprit en pensant à Fabien : le premier samedi matin où il m'a glissé quelques morceaux de ses crêpes sous la table…

Encore sous le choc de cette belle et surprenante confiance que viennent de me témoigner Sébastien et Éloïse, je rate la première marche et… BADABOUM ! Je déboule l'escalier. Je me retrouve tout en bas, un peu sonné.

Et quelques instants plus tard, le ciel me re-retombe sur la tête!

– Oui, quelle bonne idée! J'ai bien hâte que tu nous le présentes, ton Patrick.

– Il est formidable, tu vas voir, maman!

– Je n'en doute pas, Émilie.

Voilà les propos que j'entends alors que je m'apprête à pénétrer dans la cuisine. Je suis renversé: «Elles parlent de… Patrick ? » Je ne comprends plus rien.

Je m'avance un peu. Tout d'un coup, mes narines sursautent. De petites odeurs de sapin flottent toujours dans l'air…

– Bon ! Excuse-moi, Émilie, je vais retourner à l'hôpital. Je dois apporter des vêtements à ton père.

– Aaatchoum !

– Ah, Galoche ! s'exclame ma Douce. Viens, mon beau ! Maman m'a dit que papa va bien. Il passera quelques tests, rien de grave ! Hein, maman ? Il ne devrait pas tarder à rentrer à la maison. Tout va bien, il ne faut pas t'inquiéter, Galoche !

De plus en plus fin connaisseur de la nature humaine, je comprends que Marilou a bien joué son rôle de mère car, en plongeant mes yeux dans son regard, je suis loin de déceler cette belle assurance qui se dégage des propos de sa fille.

– Aaatchoum!

Et dans la nuit, c'est un orage qui me tombe dessus!

Je ne cesse de penser à Fabien et je ne parviens pas à dormir. La nuit est pourtant bien avancée. Les paroles d'Éloïse me reviennent constamment en tête: «Sans papa dans la maison, ce ne serait pas très vivable, ici.» Je trouve cette réflexion tellement juste! Je ne sais pas si c'est à cause de toutes ces émotions vécues au cours de la journée, mais je sens mon optimisme m'abandonner peu à peu au profit d'une certaine panique: «Et si c'était vraiment une maladie incurable?...»

Soudain, mes sensibles oreilles captent un petit bruit de porte qui se referme. Marilou revient de l'hôpital. Sans le moindre froissement

– Je ne veux pas le perdre, Galoche, réussit à formuler la mère d'Émilie entre ses sanglots saccadés, comme si elle ne pouvait plus se contrôler. Tu comprends ? Fabien, c'est mon compagnon de vie. Il est tellement attentionné pour moi. Malgré mon caractère difficile ! C'est le seul avec qui je suis vraiment bien... sans jouer aucun rôle. Et je me rends compte seulement ce soir que je ne suis pas très gentille avec lui.

Si j'étais humain, je crois que je pleurerais toutes les larmes de mon corps. Qui mieux que moi peut être en mesure de bien comprendre les propos de Marilou ? Je suis témoin au quotidien de ce qu'elle vient de décrire.

Quelques soupirs et pleurs plus tard, j'ai la grande surprise d'entendre de drôles de bruits au-dessus de ma tête. Misère à poil ! La sous-ministre ronfle ! En me tortillant, je parviens à me dégager des bras de Marilou. Je la laisse à son sommeil bien mérité.

Je vais m'allonger tout aussi habilement dans le lit, aux côtés de ma douce Émilie. Pourtant, contrairement à Marilou, impossible de trouver le sommeil. Il faut que je dorme, foi de Galoche!

Complètement exténué par autant d'événements émouvants en une seule journée et par mes pensées qui s'envolent vers Fabien à l'hôpital, je n'ai plus qu'une solution: faire le mouton et suivre les habitudes des humains... ou presque.

– Un humain. Deux humains. Trois humains.

Chacun d'eux saute une clôture. Pas très originale, cette technique, mais efficace.

– Quatre humains. Cinq humains. Six humains. Sept humains...

Le lendemain matin...

– Quatorze mille huit cent trente-sept humains. Quatorze mille huit cent trente-hui...

Non, non, je ne compte plus, c'est un gag! Hi, hi, hi!

Finalement, j'ai dormi comme un chiot. Je crois que mon éternel optimisme a repris le dessus et a rapidement effacé les craintes de Marilou. Même que, si je me rappelle bien, le sommeil est venu dès le trente-deuxième sauteur, que j'ai laissé là, planté dans les airs.

– Galoche, tu as ronflé toute la nuit, me semonce gentiment Émilie, qui est bien réveillée. Une vraie souffleuse à neige!

J'en déduis que je me suis couché aussi épuisé que Marilou elle-même, après cette soirée où ma sensibilité à fleur de poils a été mise à rude épreuve.

L'ESPION FRAPPE UN MUR

Une dure journée m'attend encore. Fatigué par toutes ces émotions, mais surtout par les cachotteries d'Émilie, j'ai décidé de jouer l'espion et de faire la lumière sur ce fameux Patrick. Cette idée a germé dans mon esprit au petit-déjeuner, ce matin.

– Bon! Les enfants, vous ne venez pas à l'hôpital avec moi, a annoncé Marilou à la fin du repas, alors qu'Éloïse, Sébastien et ma Douce insistaient pour l'accompagner. Aujourd'hui, il faut laisser Fabien se reposer. Vous devez être raisonnables. Demain, vous pourrez probablement lui rendre visite.

La sous-ministre a sollicité la collaboration de tous.

– Et puis, si vous voulez me faire plaisir, j'aimerais bien que vous fassiez le ménage de la cuisine, du passage et du salon, comme Fabien le fait tous les samedis matin. Vous pourrez le lui dire demain, ce sera une belle surprise à lui faire.

Cette demande n'a pas vraiment soulevé l'enthousiasme de la famille, mais elle n'a pas non plus provoqué une opposition qui, en temps normal, aurait été dévastatrice.

– Je suis d'accord, a lancé mon Émilie, mais je dois absolument m'absenter quelques minutes pour aller chez... euh... toi, maman, tu sais où et pourquoi !

Ma Douce a aussitôt obtenu l'accord de Marilou... et moi, j'ai eu la puce à l'oreille. « Elle s'en va chez Patrick, bien sûr ! »

Après avoir entendu Marilou et Émilie parler de Patrick la veille, j'ai tout de suite compris qu'elles étaient devenues complices dans cette histoire. J'ai alors décidé que j'allais profiter du départ imminent de Marilou pour sortir en douce de la maison, me cacher, attendre la sortie d'Émilie et la suivre.

Voilà pourquoi, en ce samedi matin très frisquet, l'espion sur quatre pattes que je suis... BRRR... est dissimulé derrière le buisson, près de la porte d'entrée.

«Ah, si Émilie peut sortir!»

BRRR! Je suis aux aguets dans l'herbe froide depuis plus de 30 minutes, les pattes transformées en *popsicles* et ma truffe en glaçon.

Que fait Émilie?

Soudain, la porte d'entrée s'ouvre. Je m'immobilise. Je vois ma Douce quitter la demeure. Bon espion que je suis, je patiente quelques secondes avant d'entreprendre ma filature, pour laisser une bonne distance entre nous.

Je saute de buisson en arbuste, je contourne les haies qui séparent les pelouses des maisons, bref, je joue à la perfection mon rôle d'espion. Émilie ne se doute pas que je la suis. Je la vois s'arrêter devant l'avant-dernière demeure de la rue et grimper quelques marches.

Vif comme l'éclair, je repère la meilleure cachette pour bien voir qui va lui répondre. En deux bonds, je me retrouve sous les énormes branches d'un gros arbre, à quelques mètres seulement de la galerie. « Wow ! Ni vu ni connu ! je me dis, fièrement, en reprenant mon souffle. Même Spiderman, le héros de ma Douce, n'aurait pas fait mieux ! »

De mon poste d'observation, en toute quiétude sous ces branches qui touchent presque par terre, je scrute la porte d'entrée. Je vais enfin voir ce...

Mes yeux s'embrouillent d'un coup, ma truffe se crispe, ma gueule se tord, mon cerveau émet des S.O.S. à la tonne. Je jette un œil au-dessus de ma tête et je m'affole : «Ah non ! Pas vrai ! Misère à poil ! Je me suis placé directement sous... UN SAPIN !»

– Aa...

Voilà ce que j'appelle l'art de se planter soi-même une épine dans le pied ! Ma fierté canine et ma réputation d'espion en prennent pour leur rhume.

– Aaa...

Avant de me faire repérer, je prends la poudre d'*escampatte*. Je fonce vers la haie du voisin. Un vrai bolide ! Danger ! Droit devant moi, je vois un haut et épais mur de cèdres. Impossible de me glisser dessous.

IVG! Improvise vite, Galoche!

C'est beau, l'improvisation, mais il n'y a plus maintenant que trois museaux de distance entre la haie et ma truffe. Pas question de reculer!

Une seule solution me vient, comme une bouffée de... désespoir: sauter par-dessus les cèdres! Je me demande si cet exploit est à portée de patte... surtout que les miennes ne sont pas très grandes. Pas d'autre choix!

Toutes ces pensées me traversent l'esprit comme un éclair dans le ciel. J'ai l'impression que ma tête siffle comme une bouilloire oubliée sur un rond de poêle. «Courage, Galoche! Pousse à fond la machine!»

J'écourte ma dernière *empattée*, je freine un peu mon élan, je fais passer une partie de mon poids sur mes pattes arrière, je ferme les yeux et... je prends mon envol. Aïe, aïe, aïe! Trop bas!

La truffe la première, je plonge directement dans les branches de cèdre. Ouille! Ouille! Ouille! J'ai la peau éraflée et le museau en piteux état.

Mais... qu'est-ce qui se passe? Où suis-je?

J'ouvre les yeux. Catastrophe! Je me rends compte que je suis suspendu entre ciel et terre, coincé au beau milieu de cette monstrueuse haie. Mon attention est attirée par un bruit de porte, derrière moi.

– Bonjour, madame! Je viens voir Patrick.

Toujours ligoté comme un saucisson entre ces branches, je reconnais la voix d'Émilie. Impossible de me retourner.

– Entre, ma belle! Il va être heureux de te voir. Il est dans la grande serre, dans la cour...

W-ouf! Malgré mon saut raté, ma Douce ne semble pas m'avoir aperçu. J'ai évité le pire!

– Dis donc, le gros! ronchonne soudain une voix exécrable, juste sous moi.

Je baisse la tête et vois, couché au pied de la haie, un vieux matou miteux, noir et roux, sûrement plein de puces.

– C'est la cache à Binoche! La maison à Bibi, si tu préfères! renchérit-il, l'air renfrogné. Décolle de là, c'est l'heure de ma souris! À moins que je change de menu et que j'opte pour... ta truffe!

Jamais de toute ma vie je ne me suis retrouvé dans une position aussi humiliante, foi de Galoche! N'étant pas du genre belligérant, je choisis d'éviter la confrontation. Après plusieurs écorchures supplémentaires sur tout mon corps et quelques petits cris de douleur étouffés de mon mieux, je parviens à me frayer un chemin dans cet enfer de broussailles et à mettre pattes sur terre... Je m'éloigne de ce félin voyou en me disant que je n'aimerais pas faire partie de sa race et devoir ingurgiter pareil petit-déjeuner. Je lance au chat de ruelle :

– Bon appétit !

Je me suis mis à l'abri de l'horrible matou, tout au bout de la haie. Écorché physiquement et moralement, je tente de reprendre mon souffle et mes esprits tandis que je sens des courants d'air de plus en plus froids parcourir ma fourrure. BRRR!... Le vent se lève. Je frissonne. Je dois poursuivre ma mission, mais que faire ?

Après quelques instants de repos, je me rappelle soudain les dernières paroles de la dame qui s'est adressée à Émilie un peu plus tôt: «Il est dans la grande serre, dans la cour.»

D'un coup, la solution m'apparaît évidente. Je retrouve mon aplomb d'espion. Je me rends sur-le-champ derrière la maison.

Ah non! Pas une clôture! La mine basse, je longe ces longues et vieilles planches de bois qui m'interdisent l'accès à la cour. Elles m'empêchent d'y jeter le moindre coup d'œil. Cette fois, j'élimine de mon esprit toute tentative de sauter par-dessus; de quoi y laisser ma fourrure pour de bon! Découragé, je m'apprête à faire demi-tour quand j'aperçois une ouverture entre deux planches arrondies, à quelques *empattées* devant moi.

Je m'en approche. Je veux seulement voir de quoi ce Patrick a l'air et je me sauve. Pas question qu'Émilie me trouve ici!

J'essaie de me faire aussi petit qu'une souris et, avec beaucoup de précautions, je me faufile dans l'ouverture sans la moindre écorchure. Je tente de me détendre, mais je ne peux m'empêcher de fixer mon regard sur une étrange et grande remise vitrée, remplie de plantes et de fleurs, au centre de la cour. Ce doit être ce que la dame appelait la grande serre, tantôt.

– Salut, mon beau toutou! gronde soudain une voix à mes côtés.

Je bondis dans les airs. De retour sur mes quatre pattes, je tourne la tête et vois... PCHSSSSS! rien du tout! Un puissant jet d'eau s'abat sur mon museau. PCHSSSSS!

Ouille !

– Ha, ha, ha ! Ha, ha, ha !

Enfin, à travers toute cette eau, j'aperçois mon agresseur, grand et costaud, qui rit à gorge déployée. Ce ne peut être que ce Patrick, le nouveau *chum* de ma Douce. Je panique : « Émilie va sûrement s'amener ! »

– Ha, ha, ha !

Le jeune ne semble pas capable de s'arrêter de rire. Je dois déguerpir immédiatement. « Drôle de garçon, tout de même… On dirait un joueur de football ! »

BRRRRR ! Moi, Galoche, je recommence à frissonner. Le vent froid souffle encore plus fort. Je suis trempé jusqu'aux os.

– Pas peur, mon beau toutou ! fait l'inconnu en laissant tomber le boyau d'arrosage et en me prenant dans ses bras, au moment où je m'apprête à prendre mes pattes à mon cou et à quitter l'endroit.

«Hi, hi, hi!» Cette fois, je ris jaune… Je me sens petit comme une souris dans ses bras format géant.

– Doux, doux…, répète ce dernier en ne cessant de me caresser, pas du tout préoccupé par le fait que je dégoutte de partout.

Bizarrement, je ne peux m'empêcher de remarquer son sourire et ses grands yeux bleu clair: leur douceur me surprend. Ils me font oublier Émilie pour un instant. L'étreinte de Patrick se resserre un peu. Je sors de ma soudaine torpeur et je réalise soudain que j'ai de la difficulté à respirer. Aïe! Oh! Il va m'étouffer, celui-là!

Je me soulève avec l'intention de sauter par terre. Mais plus je me raidis, plus ses bras me coincent. Un véritable étau! Au moment où je songe que je vais devoir lui faire une petite morsure au bras pour me sortir de ce pétrin, la voix d'Émilie s'élève depuis la serre :

– Mon beau Patrick ? Tu arrives avec le boyau ?

Le moment d'inattention que j'espérais chez mon joueur de football se concrétise. Il se retourne un instant, je parviens enfin à me dégager et à sauter par terre. W-ouf !

J'aperçois Émilie, près de la porte de la serre, qui n'a pas encore jeté un œil dans notre direction. Comme une fusée, je me faufile dans l'ouverture entre les deux planches, ni vu ni connu.

– AOUUUHHH !

Je hurle de douleur, après m'être de nouveau écorché la peau dans cette sortie à l'emporte-poils. En courant vers la maison, je repasse devant la même haie que tout à l'heure et j'entends Binoche ricaner, de son repaire :

– Grosse poule mouillée, va !

Il peut bien penser ce qu'il veut, ce gros matou plein de puces! Moi, je sais que je peux dire: mission accomplie!

Je m'engage sur le chemin du retour, aussi fier qu'une souris qui vient de glisser entre les pattes d'un gros matou... «Hi, hi, hi!»

Tout dégoulinant, j'approche de la maison, encore sous le choc de ma difficile filature. Je calcule m'en être plutôt bien tiré. Mais je dois t'avouer que je me sens plutôt fait pour vivre dans le paisible salon des Meloche que dans l'horrible maison de Binoche, si tu vois ce que je veux dire!

– Ah, Galoche! Content de te voir!

Quelle surprise! Pierre-Luc surgit de la demeure des Meloche! «Il n'est pas en Floride, lui?!»

Devant mon air étonné, notre voisin sent le besoin de préciser:

– À cause d'une urgence au Ministère, mon père a dû écourter ses vacances.

Je suis un peu déçu pour Pierre-Luc: pour une fois qu'il pouvait passer plusieurs jours avec son père...

– Mais qu'est-ce que tu fais là, dehors, tout mouillé, Galoche? Et sans Émilie? Tu ne peux pas te promener comme ça, tout seul. Tu sais bien que c'est défendu.

Je cligne des yeux et prends mon air de chien repentant.

– Galoche, je cherche Émilie. J'ai un cadeau à lui remettre. Je l'ai acheté à Fort Lauderdale. Éloïse et Sébastien ne savent pas où elle est. Ils sont en colère. Apparemment, elle devait les aider pour faire le ménage...Toi, tu ne saurais pas où elle se trouve, par hasard?

Je baisse la tête.

– Je suis certain que tu le sais! Tu pourrais m'y conduire?

J'aimerais disparaître. Quel monstre je serais d'amener ce pauvre Pierre-Luc chez Patrick pour lui faire découvrir, comme ça, à froid, avec son cadeau dans les mains, que quelqu'un d'autre a pris sa place dans le cœur d'Émilie... Elle l'appelle son «beau» Patrick.

Aussi, les yeux hagards, l'air perdu, je joue l'innocent, je fais comme si je n'avais rien entendu jusqu'à ce que mon ami perde patience. Il m'ouvre la porte.

– Bon, je reviendrai! Toi, mon coquin, entre vite avant d'attraper un rhume avec ce vent froid et ta fourrure trempée!

Je ne me fais pas prier deux fois et je me précipite dans la maison. «Mais... qu'est-ce que c'est?» Je freine sur le plancher de bois franc transformé en étang tout gluant.

–Galoche, enlève tes pattes de là, espèce de grosse cloche! hurle Sébastien, depuis la cuisine. Je viens de laver le plancher du passage!

Je soulève mes pattes une à une. J'avance à pas de tortue. Mes coussinets sont tout gommés et dégoulinent.

Attirée par les cris de son frère, Éloïse, la maîtresse de maison par intérim, arrive en trombe derrière lui.

– Qu'est-ce qui se passe, ici?

– Galoche s'est précipité au beau milieu de mon plancher frais lavé!

De peine et de misère, comme si je jouais au chien snob en levant très haut patte après patte et en marchant sur le bout des griffes, je tente de rejoindre l'escalier.

– Sébas, ce n'est pas le bon produit, ça! lance Éloïse, qui s'arrache presque les cheveux sur la tête après avoir pris la bouteille aux pieds de son frère et avoir lu l'étiquette. C'est une cire spéciale que Fabien prend pour son auto!

Je peux bien avoir les pattes collées au plancher, misère à poil: de la cire! À ce moment précis... BANG! La porte d'entrée frappe le mur et Émilie entre dans la maison.

– OUACHE! QU'EST-CE QUE C'EST QUE ÇA? lance ma Douce, les deux pieds pris dans ce lac de cire.

– Où est-ce que t'étais, toi? s'énerve Sébastien. T'avais dit quelques minutes! Ça fait une heure que t'es partie!

– T'es dans les patates, ça ne fait même pas 15 minutes!

– Tu t'es encore arrangée pour nous laisser tout le travail, hein?!

– Toi, Sébas, intervient la Diva, avec ta cire à auto, tu n'es pas plus brillant!

– Tu sauras que je n'ai pas d'ordres à recevoir de toi, renchérit Émilie, grimaçante, un pied dans les airs. J'avais la permission de maman.

En imitant une voix de bébé et en prenant un air moqueur, le frérot répète:

– J'avais la permission de maman...

C'est parti, mon kiki! C'est la débandade! Chacun leur tour, les enfants de la famille Meloche y vont de leur petite crise. Tous trois semblent avoir oublié que Fabien est à l'hôpital... Moi, Galoche, je ne l'oublie pas!

«Quelle journée d'enfer! je me dis, en m'éclipsant et en grimpant lentement l'escalier, sur le bout de mes coussinets encore tout collants. Décidément, vivre chez les Meloche... ce n'est pas un cadeau!»

Je suis allongé sur le lit d'Émilie depuis un moment. W-ouf! Je prends un petit répit qui me semble bien mérité après toutes les péripéties de ce samedi matin rocambolesque.

J'ai vraiment l'âme en peine. Je repense à Pierre-Luc et à son cadeau, à Patrick et à son boyau d'arrosage et, bien sûr, à mon Émilie. Je n'ai entrevu le visage de ma Douce qu'un bref instant, près de la porte de la serre, mais il semblait rayonner. Elle m'a paru très heureuse. Dans ma tête, trois de ses mots me martèlent l'esprit: «Mon beau Patrick...»

J'essaie de comprendre les raisons qui poussent Émilie à agir ainsi à l'endroit de notre jeune voisin. Il est si gentil, Pierre-Luc.

Soudain, je n'entends plus aucune prise de bec venant du rez-de-chaussée, seulement quelques bruits étranges.

Étonné et intrigué, je sors de la chambre et m'avance jusqu'au haut de l'escalier.

Et là... j'ai l'impression que je vais m'évanouir, comme la veille, quand j'ai vu le monstre masqué. Bon, j'exagère un peu. Mais vraiment, je suis éberlué! En bas, je vois les trois Meloche qui s'affairent au ménage dans le silence le plus complet. Je ne peux m'empêcher de penser: «Ils sont tombés sur la tête!»

Une seconde explication me vient à l'esprit: «Les odeurs fortes de la cire à auto les ont rendus sans voix!» Finalement, je me dis: «Ils se sont tout simplement rappelé que Fabien est à l'hôpital et ils font ce travail pour lui faire plaisir...»

Je pense que cette dernière raison est la bonne. Émilie et son frère sont en train de retirer la cire sur le plancher. D'habitude, ces deux-là ne peuvent que se disputer dès qu'ils sont ensemble.

Pareille solidarité me fait chaud au cœur, je l'avoue. Quels bons enfants!

Je décide sur-le-champ de retourner à la chambre et de profiter de ce moment d'accalmie pour faire un petit somme, vidé de mon énergie après tous les événements matinaux riches en rebondissements.

Je sombre vite dans les bras de... Fabien, qui m'offre une pile de crêpes s'élevant jusqu'au plafond de la cuisine. Je parviens à manger celle du dessous sans jamais faire tomber cette tour déjà très vacillante. Je m'en pourlèche les babines de plaisir. On dirait un rêve!

– Galoche, réveille-toi!

Je vois Émilie et Sébastien, penchés au-dessus de moi, tandis que je sors peu à peu de... ma pile de crêpes.

– Qu'est-ce que t'as à jouer de la langue comme ça? me lance Monsieur-

je-sais-tout. Galoche, t'as l'air gaga! On dirait un singe qui vient d'avaler tout un régime de bananes!

Je rentre aussitôt ma langue: je ne m'en étais pas aperçu mais, encore sous l'emprise de mon rêve, je me pourléchais les babines.

– Sébas! T'avais promis d'être gentil!

– OK, OK, je m'excuse!

Moi, Galoche, je n'en crois pas mes oreilles. Monsieur-je sais-tout qui s'excuse... une grande première! Émilie reprend vite les commandes.

– Bon, Galoche, Sébastien et moi avons pensé offrir un cadeau à Fabien, demain, quand on va aller lui rendre visite à l'hôpital...

– Ouais! Le plus beau qu'on puisse lui apporter, renchérit Sébastien, tout excité.

Je suis épaté par tant de gentillesse et de générosité de leur part.

– Voici la boîte qu'on a trouvée, trouée et décorée, comme tu peux voir!

Je me lève. Je m'approche de cette boîte. J'entends les pas d'Émilie et de Sébastien, derrière moi. Wow, elle est vraiment belle! Je m'étonne un peu de la grande taille de celle-ci. Et je me demande pourquoi ils ont eu besoin de la trouer, comme Émilie vient de le préciser.

– Le cadeau, s'empresse d'ajouter Sébastien tandis qu'Émilie soulève le couvercle devant mon museau... C'EST TOI!

Quel naïf je suis! Des trous... POUR RESPIRER! Comment n'y ai-je pas songé plus tôt? Monsieur-je-sais-tout enchaîne tout de go:

– Comme les animaux ne sont pas admis à l'hôpital...

– Un règlement idiot! intervient Émilie. Tu le sais mieux que moi, Galoche, après ton passage à la Maison des marguerites et ton bon travail de zoothérapeute.

– ... nous avons pensé à cette idée géniale! reprend aussitôt Sébastien, en pointant du doigt la boîte et en lançant fièrement: Une fois dedans, Galoche, ni vu ni connu!

«Ni vu ni connu, d'accord... mais brassé en misère à poil!» Moi, Galoche, je m'imagine déjà les turbulences de mon voyage, coincé dans cette boîte, alors que je fais mon entrée à l'hôpital, transporté par Émilie et Sébastien. À vrai dire, cette idée ne m'enthousiasme guère. Elle est peut-être énorme pour un cadeau, cette boîte, mais comme niche temporaire, je la trouve pas mal petite! Surtout que je vais y demeurer un bon moment...

– Vas-y, mon beau Galoche! Essaie-la! Fais-toi petit comme une souris.

– Hi, hi, hi! laisse échapper Sébastien sur un ton moqueur.

Ma Douce lui lance une paire d'yeux qui ne laisse place à aucune riposte, un regard terrible devant lequel moi-même, Galoche, j'ai les 100 000 poils qui frémissent chaque fois.

– Euh... je m'excuse! ajoute-t-il aussitôt. C'était pour rire.

Moi, Galoche, je ne ris pas du tout. J'hésite. Ma Douce poursuit, d'une voix suppliante, avec un petit trémolo d'émotion qui me fait toujours baisser les pattes, comme elle le sait fort bien :

– Mon beau, tu peux bien faire ça pour ton bon ami Fabien ? C'est le plus précieux cadeau qu'on peut lui offrir, j'en suis certaine... et ça va le faire rire !

Je ne les trouve pas drôles, ces deux-là, avec leur histoire abracadabrante. Pourtant, bien que je flaire un vent de catastrophe derrière tout cela, il m'est impossible de refuser cette demande de mon amie pour la vie. Et... VROUM ! je fais le saut !

Du mieux que je peux, je me plie les pattes, le cou, la bedaine, la queue, alouette ! Je tourne, me retourne, me re-re-retourne avec le sentiment de plus en plus fort que je viens de faire le sot plutôt que le saut, foi de Galoche ! Et...

BOUM! je réussis enfin à me laisser choir tout au fond.

Je suis tellement coincé dans cette boîte que j'ai l'impression de ne plus appartenir à la race canine, mais bien à celle des sardines.

– Bravo, Galoche! Tu y es !

– Une vraie souris... hi, hi, hi! lance Monsieur-je-sais-tout, qui ajoute aussitôt: C'est POUR RIRE!

TOUT UN CADEAU !

C'est dimanche! Le jour F... celui de Fabien!

Je suis couché au pied du lit d'Émilie. Je ne peux m'empêcher de fixer le fameux cadeau. J'ai les yeux encore un peu hagards. J'ai mal dormi. Je me suis réveillé en pleine nuit après avoir fait un cauchemar: j'étais une souris et je me promenais dans un vrai labyrinthe sans jamais déboucher nulle part. Tout au long de cette course folle, d'interminables «Hi, hi, hi!» résonnaient, lancés par tu sais qui...

Heureusement, la journée s'annonce bien. À preuve, un peu plus tôt ce matin, au petit-déjeuner, Marilou nous a confié que Fabien allait mieux.

– Il a passé quelques tests et on pourrait même connaître les résultats aujourd'hui.

Ses propos rassurants ont un peu détendu l'atmosphère.

– Les enfants, merci pour votre beau ménage. Vraiment, quand je suis rentrée, hier soir, j'ai été épatée.

– T'as pas trouvé le plancher du passage un peu collant? a demandé Sébastien.

– Non. Pourquoi?

– Pour rien. Rien, rien, rien. Je disais ça comme ça...

– Ah bon.

Autour de la table, les jeunes Meloche se sont lancé des regards complices, un petit sourire au coin des lèvres.

– On va faire une surprise à Fabien! a poursuivi la mère d'Émilie tandis que moi, je me demandais si Marilou était au courant de leur «cadeau». Je lui ai dit qu'on irait le voir seulement cet après-midi, mais on va s'y rendre ce matin.

Voilà pourquoi, présentement, c'est le branle-bas dans la maison. La famille Meloche se prépare à partir pour l'hôpital.

– Vas-y, Galoche! Saute dans la boîte! me demande Émilie.

Je me lève et m'avance lentement, aussi tendu qu'un ressort. «Mais pourquoi si vite? Pourquoi ne pas attendre d'être à l'hôpital?»

Obéissant, comme toujours, je bondis et me recroqueville tout au fond de la boîte. J'entends alors avec stupeur Sébastien lancer:

– Vite, referme la boîte, Émilie. Marilou s'en vient!

Le couvercle se referme aussitôt au-dessus de moi.

– Galoche, ne bouge plus ! m'ordonne ma Douce. Pas un bruit !

Quoi ? Marilou ne sait rien ? Je me sens comme une souris prise dans une trappe.

– Vous êtes prêts, les enfants ? lance la sous-ministre, dont les claquements de talons hauts me font sursauter les oreilles et frémir le cœur. Wow ! Quel énorme cadeau ! C'est pour Fabien ?

– Euh… oui, répond Émilie, d'une voix tremblotante.

– Ce n'est pas un peu trop gros pour apporter à l'hôpital ? Vous pourriez lui donner quand il reviendra.

– Non, non ! On veut lui donner tout de suite, maman. Hein, Sébas ?

– Euh… Oui, oui, on ne veut pas attendre !

– Je peux savoir c'est quoi ?

– Euh... non! Ce sera une surprise pour toi aussi.

– C'est fragile?

«TRÈS!» je réponds dans ma tête de chien traumatisé.

– Oui, maman! C'est gros...

Je m'offusque: «GROS?... Quand même! Pas tant que ça!»

– ... et fragile, poursuit Émilie.

– Un bricolage?

– Euh... oui, si on veut... un beau bricolage. Nous avons passé tout l'après-midi d'hier à le faire. Hein, Sébas?

– Oui. C'est... c'est tout un cadeau!

Moi, le chien-souris-sardine coincé dans les bas-fonds de cette prison très spéciale, je songe dans le noir le plus total: «Marilou va me tomber sur la truffe dès qu'elle va découvrir le pot aux roses!»

Ma Douce sait fort bien que sa mère n'accepterait jamais de contrevenir au règlement de l'hôpital qui interdit tout animal. Et, comme elle a la tête aussi dure que Marilou, elle nous a emberlificotés, sa mère et moi. «Quelle rusée, mon Émilie!» je me dis, tout au fond de la boîte, ne pouvant m'empêcher de sourire dans ma barbichette.

Pourtant, avec un petit pincement au cœur, une nouvelle pensée vient vite effacer l'autre: «Émilie est décidément rendue très douée pour mentir...»

Nous descendons l'escalier. Parole de Galoche, cela fait peur de se promener, suspendu dans les airs, sans jamais rien voir! Par surcroît, la boîte frappe sans arrêt le mur et la rampe.

– Ça a vraiment l'air lourd, votre bricolage! fait la voix inquiète et lointaine de Marilou.

J'aimerais bien me faire aussi léger qu'une souris. Mais je suis un chien, pas un magicien!

– C'est… c'est pas si lourd que ça, répond tout de go Émilie.

– Vous voulez qu'Éloïse vous aide? demande Marilou, que je devine debout, près de la porte, tout en bas.

– Non, non! Ça pèse une plume! renchérit Sébastien.

De l'intérieur, j'essaie de m'imaginer la sœur et le frère en train de dissimuler tous les efforts qu'ils doivent sûrement déployer pour me transporter. J'ai soudain un sentiment d'admiration à leur endroit: «Quelle détermination! Et tout ça pour faire plaisir à leur père...» Je ressens finalement de la fierté d'être associé à cette belle folie. Plus question de me plaindre, foi de Galoche !

Plusieurs secousses plus tard, dont deux chocs terribles sur la tête au moment où Émilie et Sébastien introduisent leur cadeau dans la voiture, je me retrouve sur le siège arrière, bien installé dans la boîte, entre mes deux complices, le coco endolori.

– Vous auriez pu mettre votre cadeau dans le coffre, fait la voix de Marilou.

– Non, non, rétorque mon Émilie, c'est mieux comme ça, entre nous deux.

J'entends le moteur vrombir. W-ouf! Nous sommes en route! Et je n'aurai pas à suffoquer dans le coffre!

Enfin, nous sommes arrivés! Dans une telle obscurité, le trajet m'a semblé durer une éternité. Et puis, cette boîte a beau avoir des trous, le papier d'emballage, lui, n'en a pas. Je commence à manquer d'air. Je pense très fort à Fabien et tente de ne pas paniquer. Mais combien de temps vais-je encore pouvoir tenir le coup?

Après plusieurs virages très brefs, l'automobile s'immobilise. Je m'encourage: «La libération approche!»

– Émilie, Sébastien, débarquez ici avec votre boîte, je vais aller me stationner.

Des portes s'ouvrent. Je devine qu'Émilie et Sébastien sont sortis. Après quelques secondes, je sens la boîte glisser vers la droite.

– Attends-moi, Émilie! crie Sébastien. J'ar...

– Attention, Émilie! lance la voix de Marilou.

BANG! Aïe, aïe, aïe!

– Ah non! s'exclame ma Douce, qui vient de m'échapper.

Me voilà coincé sur le côté, la tête en bas, complètement sonné, après cette chute brutale du cadeau dans la rue ou sur un trottoir, je ne sais trop. Je me sens comme un bricolage brisé... et j'ai le cœur de plus en plus fragile. J'entends la voix de Sébastien:

– On y va ensemble, Émilie: un, deux, trois!

Ils soulèvent le cadeau et je retrouve soudain ma position d'origine dans la boîte. W-ouf!

POUT! POUT! Mes tympans vibrent comme des cymbales sous ces coups de klaxon répétés.

– Minute! Patience! hurle Marilou.

– Ouais! renchérit la voix d'Éloïse. Vous m'empêchez de me concentrer et d'apprendre mon texte.

Pour mon plus grand bonheur, Émilie et son frère semblent avoir repris le contrôle de la boîte, qui se stabilise.

POUT! POUT! POUT!

– On s'en va, on s'en va! s'énerve notre conductrice. Les enfants, attendez-nous dans le hall, Éloïse et moi. On revient tout de suite.

Mon voyage en suspension se poursuit. J'ai l'impression de me promener en boîte gonflable plutôt qu'en ballon gonflable!

– Ça va, Galoche? me chuchote Émilie, qui semble avoir collé sa bouche près du couvercle. Excuse-moi pour tantôt! La boîte m'a glissé des mains. J'espère que tu ne t'es pas trop fait mal?

«À part les étoiles qui flottent au-dessus de ma tête, les trois côtes cassées et ma fesse droite qui souffre d'une douleur intense, tout va bien, ma Douce...» Voilà ce que j'aimerais lui répondre.

– On entre dans l'hôpital, me précise Émilie tandis que les bruits environnants s'atténuent.

– T'en fais pas, Galoche, je suis là, moi aussi!

Ces mots, prononcés sérieusement par Sébastien, m'apportent un certain réconfort... jusqu'à ce qu'il ajoute:

– Hi, hi, hi!

Ah, celui-là! On ne sait jamais sur quelle patte danser avec lui!

– Sébas? lance soudain mon Émilie. Le gardien, là-bas! Faut pas qu'il voie le cadeau, il pourrait nous poser des questions...

– Ben non ! Relaxe, Émilie ! Tu t'énerves pour rien !

– Regarde, regarde, il s'en vient droit vers nous. Je te le dis : il nous a remarqués ! Vite, Sébas, on n'a pas le temps, on laisse la boîte sur la civière, là...

– Émilie, non, pas là, c'est un as...

BOUM ! Je pense que je viens de m'écraser sur la civière dont parlait ma Douce. DING !

– Émilie, t'es folle ! C'est marqué « Réservé au bloc... » Sors de là !

Je perçois un bruit de pas, puis une porte qui se ferme. Et... le silence.

Ils m'ont abandonné ?

VROUM ! Je monte. Misère à poil ! Ils m'ont placé dans un ascenseur ! J'ai les nerfs... en boîte ! DING ! Quelques centaines de battements de cœur ultrarapides plus tard, après un autre son de clochette, mes oreilles aux aguets captent le même bruit de glissement que tout à l'heure.

La porte s'ouvre. Chacun de mes poils frétille comme un poisson au bout d'un hameçon. Où suis-je rendu ? Après un petit moment très angoissant, j'entends :

– Martine ? Isabelle ? Venez voir dans l'ascenseur !

Des pas. Des personnes s'approchent.

– Qu'est-ce que c'est ?

– Je ne sais pas du tout !

– Qu'est-ce que ça fait dans l'ascenseur du bloc opératoire ? Sur une civière ?

– On ouvre ?

– Et si c'était dangereux ?

– Ou si c'était une farce plate ?

– Ou une bombe ?

Mais ils sont fous, ces humains !

– Pas de panique, Isabelle !

– En tout cas, personne n'a pu égarer un gros cadeau comme ça!

Je songe tristement: «Sauf mon Émilie…»

– Docteur Smith? Docteur Laframboise? Venez voir!

Alors que j'entends tous ces pas, ces voix et ces bruits bizarres, mon stress s'accentue. J'en grince des dents. Le brouhaha s'intensifie.

– Mieux vaut être prudent! fait une voix masculine.

– Pas question d'ouvrir ce paquet! renchérit une voix féminine.

– Faites venir la sécurité! ordonne l'homme.

QUOI? Mes griffes raclent le fond de la boîte tellement ma nervosité est grande. Pas question de me faire prendre comme un vulgaire bandit par des gardiens, ça, non!

Je dois réagir. Mais que faire? «IVG! IVG! IVG!» je me répète, en espérant encore une fois trouver une solution *in extremis* grâce à mon talent incroyable d'improvisateur.

Une seconde, deux secondes, trois secondes... Autour du cadeau, les murmures et commentaires continuent. Toujours rien de brillant ne jaillit de ma pensée, aussi vide qu'une vieille chaussette! Pas surprenant que j'aie le moral plat comme une galette...

– Ah! Voilà le gardien!

– Arthur, vite, viens ici, on a un drôle de problème!

Tout à coup, mon esprit s'illumine, comme frappé par un éclair. «Oui, Galoche, vas-y, il n'y a pas d'autre moyen pour éviter la catastrophe.»

Je ferme les paupières, contracte tous mes muscles et me soulève d'un coup vers le haut. CRASSSHHH! D'un élan, je réussis à percer le couvercle et à me sortir la tête de cette misérable boîte.

– Hiiiiiiiiii! s'exclament en chœur les êtres verts attroupés dans la porte de l'ascenseur que j'aperçois, droit devant mon museau.

Ahhhh!... Je suis terrifié à la vue de ces monstres masqués penchés sur moi, tenant dans leurs mains ciseaux, couteaux, seringues et autres armes dangereuses. Puis, leurs réactions changent du tout au tout et me laissent pantois.

– Ohhhh! Mais c'est un beau toutou!

– Qu'il est mignon!

– Qu'il est chou avec son chou sur la tête!

– C'est malheureux que les animaux ne soient pas admis, on aurait pu le garder comme mascotte pour notre bloc opératoire, lance la femme qui retient de sa main la porte de l'ascenseur.

Je ne sais trop si je dois faire le beau ou le méchant...

DING!

– Quelqu'un vient de rappeler l'ascenseur, en bas! ajoute la dame, le bras toujours sur la porte.

«Émilie, j'espère!» que je crie du plus profond de mes tripes.

– WAFFF!

Surprise par mon puissant jappement, la dame recule d'un coup sec de quelques pas et, comme je le souhaitais, la porte de l'ascenseur se referme avant que personne ne puisse la bloquer. Je redescends. W-ouf!

Quelques instants plus tard, l'ascenseur ralentit sa descente. Quel n'est pas mon soulagement de reconnaître la voix d'Émilie, bien que lointaine :

– J'espère qu'il est encore dedans !

– À moins qu'ils soient en train de l'opérer ?

– SÉBAS !

DING ! Les voix s'éteignent. La porte s'ouvre.

Moi, Galoche, je n'ai pas bougé d'un poil dans la boîte, encore sous le choc de cette rencontre pour le moins troublante avec les monstres verts de cet étrange hôpital... Émilie explose de joie :

– Ah ! Galoche !

Elle se précipite vers moi, qui ai toujours la tête sortie du cadeau. Sébastien intervient :

– Qu'est-ce qui t'a pris de briser notre belle boîte ?!

Trop heureux de nous retrouver, ni ma Douce ni moi ne nous préoccupons de Monsieur-je-sais-tout.

– Quelle frousse j'ai eue, mon beau, de m'apercevoir que je t'avais mis dans un ascenseur par erreur... surtout celui qui mène à la salle des opérations!

Je lui réponds d'un regard complice: «Et moi donc!», en revoyant la panoplie d'outils de torture qui m'ont accueilli en débouchant sur l'étage en question.

– Galoche, je pense que ce n'était vraiment pas une bonne idée, cette boîte. Viens, je vais te sortir de...

– Ah! Émilie, te voilà! Ça a pris un temps fou pour se stationner.

Horreur! Derrière Émilie et Sébastien, j'aperçois Marilou qui s'amène en trombe, suivie d'Éloïse.

– Mais où est passé votre cadeau?...

Au moment où Émilie s'apprête à me soulever de la civière, le regard de la sous-ministre tombe sur moi, encore assis dans la boîte, au milieu de l'ascenseur, la tête sortie, avec un chou dessus. Quelle humiliation !

– C'est… c'est ça, votre bricolage ?

« Quel sermon on va devoir subir ! » je me dis. Je suis déjà en train de prendre mon air repentant.

– Euh… on voulait faire plaisir à papa, argumente Émilie, qui s'est retournée vers sa mère.

– Ouais ! ajoute Sébastien. Comme tu n'aurais jamais voulu amener Galoche, on a fait à notre tête.

Comme d'habitude, Monsieur-je-sais-tout ne semble pas doué pour la diplomatie et son intervention ne fait qu'accentuer la colère de la sous-ministre. Pendant quelques minutes, celle-ci les réprimande, en leur rappelant l'importance de respecter les règlements, peu importe les lieux et les circonstances.

– Waff! je fais.

La sous-ministre sursaute. Fâchée, elle se tourne vers moi.

– Ahhh! Toi, Galoche, tu n'es pas mieux! Tu les as laissés faire!

Je suis content de servir de bouc émissaire et de donner un moment de répit à Émilie. La poche du manteau de la sous-ministre se met à vibrer. Marilou cesse de nous disputer et s'empresse de sortir son appareil. Je m'amuse: «Sauvé par le iPhone!» DING! Je m'affole: «Mais coincé par la cloche!» Émilie se précipite vers moi. Elle me soulève, me prend dans ses bras et bondit hors de l'ascenseur, laissant la boîte vide sur la civière.

– Ne t'en fais pas, mon beau: tout va s'arranger!

La porte de l'ascenseur se referme derrière nous.

– Oui, allô? fait la sous-ministre.

– Bon, est-ce qu'on monte voir Fabien? lance la Diva. Je suis fatiguée d'attendre, moi! Et j'ai un texte à apprendre!

– Fabien? s'étonne Marilou. Tu m'appelles de ta chambre? QUUUUOI?

La mère d'Émilie garde le silence un moment. Jamais je ne l'ai vue avec des yeux aussi ronds et sortis de leur orbite. De son côté, Éloïse s'adresse à ma Douce:

– Mais qu'est-ce que Galoche fait ici? Il est venu comment?

Dans les bras d'Émilie, je vois Sébastien lever les yeux au ciel en signe d'exaspération.

– Il est venu en autobus! se moque-t-il.

Émilie et lui éclatent de rire tandis que Marilou poursuit sa conversation avec Fabien.

– Oui, mon chéri! finit-elle par dire. On... on arrive!

– Qu'est-ce qui se passe, maman? demande ma Douce.

Marilou fond en larmes devant nous. Les enfants Meloche s'inquiètent.

– Papa, ça... ça ne va pas? fait Éloïse, la voix tremblotante. Des mauvaises nouvelles?

– Non, non! réussit à marmonner la sous-ministre.

À travers ses sanglots, qui ne diminuent pas d'intensité, bien au contraire, je décode quelques mots:

– Votre père... bien... pleure de joie... bonnes nouvelles.

– Il n'a pas de maladie grave? intervient Éloïse, remplie d'espoir.

De la tête, la mère d'Émilie fait non. Elle se mouche. «Et son cœur?» j'aimerais bien ajouter, moi qui suis dans le secret, à la suite de ses confidences.

– Je suis telle-
ment heureuse, finit
par dire clairement
Marilou, en remi-
sant son mouchoir
noyé de larmes.
Votre père se
porte à merveille,
les enfants!

Heureusement
que je ne peux pleurer: il me faudrait
une boîte complète de mouchoirs
tellement je suis ému, misère à poil!
Un trop-plein d'émotions me tombe
dessus. Fabien est un grand ami. Et
puis, toutes ces belles confidences de
la famille me reviennent en mémoire
et me vont de nouveau droit au cœur.

– Bon, qu'est-ce qu'on attend pour
monter le voir? demande Sébastien,
tout content.

– Non, non, non! s'interpose Marilou. Votre père n'est pas dans sa chambre.

– Hein? Quoi? Il est où, d'abord? font les trois jeunes Meloche, à tour de rôle.

Je m'interroge également: «Oui, au fait, il est où?» La réponse de Marilou laisse Éloïse, Sébastien et Émilie pantois... et moi, gueule bée:

– Il est chez Henri-Paul et Pierre-Luc.

L'étonnement est à son comble.

– Votre père a reçu son congé de l'hôpital tôt ce matin. Finalement, il n'a qu'un petit problème intermittent avec son cœur, de l'arythmie ou une sorte d'arythmie, je n'ai pas retenu le nom. Bref, il aura besoin de médicaments, mais c'est tout! Quand il a appris la nouvelle, comme nous ne devions venir que dans l'après-midi, il a voulu nous faire une surprise, lui aussi: il a pris un taxi et s'est rendu chez nous pendant que nous, on s'en venait ici. Il n'avait pas ses clés, alors…

Après quelques regards complices, tous se tombent dans les bras et éclatent de pleurs… ou de rires… je ne saurais trop dire.

Ah! ces Meloche! Ils me surprendront toujours, foi de Galoche!

DE LA POÉSIE À MES OREILLES

Marilou a décidé de faire un souper spécial pour souligner le retour à la maison et à la santé de Fabien.

– Quelque chose de simple et de pas très long, pour ne pas trop le fatiguer ! a-t-elle précisé aux enfants.

La sous-ministre vient de partir pour aller chercher des sushis, le mets préféré de son chéri.

Depuis notre retour à la maison, la famille Meloche est de très bonne humeur. Tout l'après-midi, Fabien a été traité comme un roi. Moi, Galoche, je n'ai jamais vu le gros-grand-barbu de père d'Émilie recevoir autant d'attention, juré, jappé !

– Veux-tu une limonade, papa?

– Aimerais-tu un coussin pour appuyer ta tête?

– Je vais aller chercher tes pantoufles, tu seras plus confortable.

Fabien a eu beau dire et redire à Émilie qu'il n'est pas malade, elle a continué de le traiter aux petits poils. Quant à Éloïse, elle lui a récité un extrait de sa nouvelle pièce.

– Une primeur! Juste pour toi, papa!

Fabien est vraiment un bon père de famille. Assis dans le salon, il a écouté attentivement. J'ai même entendu quelques applaudissements de sa part à la fin. Moi, Galoche, je me suis enfui dans la cuisine dès les premières envolées de la Diva tellement c'était long et récité d'une voix stridente.

Pour sa part, Sébastien s'est encore signalé par l'originalité de ses témoignages d'affection :

– Veux-tu un bon beignet? l'ai-je entendu demander à son père, en lui offrant un de ses beignes en poudre tout calcinés.

Un peu plus tard, il s'est amené dans le salon vêtu d'un sarrau et d'un masque blanc, avec dans une main la grosse seringue dont il se sert lors de ses expériences scientifiques.

– C'est l'heure de ta piqûre! Papa? Dans la fesse droite ou gauche?

Beau joueur, Fabien a souri.

Pour ma part, j'ai eu droit à un moment privilégié, seul avec Fabien. Dans le salon, ce dernier m'a fait asseoir sur ses cuisses, m'a caressé longuement et m'a dit, tout doucement:

– Booon chien! Tu sais que je me suis ennuyé de toi?

Je me suis empressé de lui faire les beaux yeux.

– Demain, Galoche, comme on a manqué nos crêpes du samedi matin, je t'en fais au petit-déjeuner, promis!

Ah, ce Fabien! Il n'y a pas d'humain plus gentil sur terre! À part Émilie, mon amie pour la vie, bien entendu.

C'est alors que j'ai été frappé par un coup de tristesse, en revoyant Pierre-Luc, avec son cadeau pour ma Douce, et en me remémorant les paroles d'Émilie dans le jardin de son nouvel ami: «Mon beau Patrick...»

WOW! J'ai les yeux éblouis et les narines surexcitées! Marilou et les enfants ont mis la table et l'ont superbement décorée. Les deux pattes sur une chaise, j'admire les fleurs au centre – celles de Patrick, bien entendu! – et, de chaque côté, les étincelants plateaux de verre sur lesquels s'élèvent de somptueuses collines de sushis. Une grande assiette de fromages embaume la pièce. Je reste également pantois devant cette mignonne corbeille de petits pains et ce bol débordant de beaux raisins rouges.

Dire que les humains sont toujours en train de se plaindre de leur sort ! Franchement, ils devraient davantage apprécier leur condition... comme celle d'avoir le luxe de se permettre un si beau et si bon repas !

POUF ! Mes oreilles sursautent. Je me retourne. Sur le comptoir de la cuisine, Marilou vient de déboucher une bouteille de vin blanc.

– Toi, dit-elle en se tournant vers Fabien, tu n'auras droit qu'à une petite goutte ou deux.

– Ce n'était vraiment pas nécessaire de faire tout ça, Marilou ! dit le père d'Émilie.

– Ta, ta, ta! C'était nécessaire, au contraire! renchérit la maîtresse de maison. Et puis, retourne te reposer au salon.

– Maman, intervient mon Émilie, toute souriante, est-ce que c'est le moment? Je peux y aller?

«Mais aller où?» je m'interroge, surpris et déçu par cette autre cachotterie de ma Douce.

– Oui, oui, répond la mère d'Émilie, vas-y, ma belle!

Aussitôt dit, aussitôt partie, mon Émilie.

– Où elle va? s'exclame Sébastien.

– Chercher quelqu'un pour le souper. Elle veut nous le présenter. C'est une surprise!

Émilie a donc choisi le souper de ce soir pour présenter son nouvel ami à la famille.

– Maman, t'as pas acheté autre chose ? Tu sais que je n'aime pas les sushis.

– Essaie, au moins, Sébastien ! C'est vraiment bon.

– Moi, manger du poisson cru ? Ouache ! Jamais !

– Tu mangeras du fromage, alors.

– OK… Je vais mettre MES fromages à ma place !

– Non, Sébastien ! lance Marilou. Ne me fais pas honte ! Je ne veux pas te voir les prendre durant le repas non plus.

DING ! DONG !

– Ah, mes invités ! s'exclame la sous-ministre.

« Des invités ? » je m'étonne. Intrigué, je me précipite vers la porte. Horrifié par ce que je vois, je m'arrête d'un coup sec : PIERRE-LUC !?

Dans le vestibule, Fabien accueille Henri-Paul et notre jeune voisin.

Marilou s'amène. Les salutations vont bon train. Un bel enthousiasme règne dans l'entrée avant que tout ce monde passe au salon. On parle de la santé de Fabien, de la folle aventure du matin. Les commentaires fusent gaiement.

– Henri-Paul, précise la sous-ministre, c'est juste un souper à la bonne franquette, avec des sushis que j'ai achetés, comme je t'ai dit au téléphone.

Pour sa part, Pierre-Luc est resté près de moi, au bas de l'escalier.

– Qu'est-ce que tu as, Galoche ? T'as l'air d'un zombie !

Je n'arrive plus à bouger. Jamais je n'aurais pu prévoir pire scénario pour mon jeune ami. Émilie va revenir avec Patrick ! Pauvre Pierre-Luc ! Se faire annoncer cette terrible nouvelle devant tout le monde. Quelle catastrophe ! Quelle humiliation ! Et pire que pire... notre jeune voisin se penche vers moi, en sortant de sa poche son fameux cadeau.

– À toi, mon fidèle ami Galoche, je peux bien le dire : j'ai acheté un beau bracelet pour Émilie en Floride. Je vais le lui donner tantôt.

Aoooooooouh ! Je me sens le cœur aussi coincé que mon corps l'était, hier matin, dans la haie de cèdres.

– Dis donc, Galoche, elle est où, Émilie ? Dans sa chambre ?

– Non, non, Pierre-Luc, intervient Marilou, qui se dirige vers la cuisine. Elle est partie. Elle revient dans quelques minutes.

– Ah… OK ! Merci.

Je n'en reviens pas ! Marilou sait bien où est partie Émilie ! Elle sait aussi que la venue de Patrick va démolir Pierre-Luc… Jamais je n'aurais pensé que la mère d'Émilie pouvait être aussi méchante!

DING! DONG! Marilou fait demi-tour et fonce vers la porte d'entrée. «Ah non, pas déjà Émilie!»

– Salut, la belle-sœur que j'aime le plus au monde! lance une voix grave.

Ah non! Pas l'oncle Ricardo!

Le gros-grand-barbu de frère jumeau de Fabien embrasse la sous-ministre sur les deux joues.

– Ricardo, ne dis pas n'importe quoi! Tu ne peux pas m'aimer plus que les autres belles-sœurs... je suis ta seule belle-sœur!

– Ouuui, mais... la plus belle au monde!

– Là, c'est un peu mieux!

– En tout cas, Marilou, je suis très content que tu aies pensé à m'inviter... T'es bien fine!

Tandis que Marilou joue son rôle d'hôtesse auprès de ses invités, ce que je redoutais se produit.

– Salut, vieille tarte!

L'oncle Ricardo a amené son chat Victor[1]!

Il le traîne partout! Un vrai chat de poche! Il est aussi déroutant que son maître. Ce n'est pas l'amour fou entre nous deux. Disons que, sans nous arracher les poils du toupet, on se tolère mutuellement...

– Galoche, nos copains de la Maison des marguerites te font dire bonjour! m'apprend Victor du regard.

Les amis dont parle Victor sont ces personnes âgées en perte d'autonomie pour lesquelles j'ai été *zozothérapeute*

---

1. Tu retrouveras Victor dans *Galoche en état de choc* et dans *Galoche, héros malgré lui.*

pendant un certain temps, avant que Victor ne me remplace[2].

Je remercie le chat de l'oncle Ricardo et lui demande de saluer de ma part mes amis de la Maison des marguerites.

– Ils te font dire, aussi, que je suis cent fois plus drôle que toi...

Voilà du Victor tout craché, aussi direct et déroutant que son maître, misère à poil! Mais je suis bien trop préoccupé par ce qui se trame d'épouvantable avec l'arrivée imminente d'Émilie pour perdre mon temps à débattre avec ce félin, le plus entêté que je connaisse.

– Bon, on passe à table, les amis! lance la sous-ministre.

– Et Émilie? s'inquiète Pierre-Luc.

– Elle arrive, elle arrive, jeune homme, ne t'en fais pas. Tout est prévu! Venez!

Tout le monde suit l'hôtesse, que j'ai rarement vue aussi radieuse. Mais

---

2. *Galoche, héros malgré lui!*

comment peut-elle être aussi sereine alors qu'elle sait fort bien que Pierre-Luc est le *chum* d'Émilie et que celle-ci arrivera avec son nouvel ami?

– T'as pas l'air dans ton assiette, toi! me balance Victor. Tu veux me dire ce qui se passe?

Je reste silencieux.

– Bon, garde tes problèmes pour toi; moi, je vais grignoter quelques sushis… et pas question de t'en laisser une miette!

Parfois, la race féline me semble tellement mesquine…

«Bon, Galoche, cesse de déprimer de la sorte… et va rejoindre les autres, au lieu de te morfondre!»

À peine le repas est-il commencé que… BOUM! Émilie!

Ma Douce fait son entrée dans la cuisine, avec Patrick, main dans la

main. Je vois le regard d'Émilie croiser celui de Pierre-Luc.

CLING! CLING! CLING!

– Les amis, les amis! lance aussitôt Marilou, qui s'est levée et qui frappe sur sa coupe avec son couteau.

Les discussions ainsi que les cliquetis de verre, de couteaux et de fourchettes dans les assiettes cessent d'un coup. Moi, c'est mon cœur qui cesse de battre.

Les yeux se portent sur ma Douce et son compagnon. Le sourire de Patrick attire mon attention. Je suis étonné: comme l'autre fois, je le trouve attachant. Pourtant, ce beau sentiment à son égard s'estompe un peu quand je me remémore le puissant jet d'eau reçu en plein sur le museau, dans sa cour, il y a deux jours.

– Bonjour! fait Émilie, légèrement embarrassée.

– Bon-bonjour! répète son acolyte, intimidé.

– Venez vous asseoir ici! lance l'hôtesse, en désignant deux chaises libres près d'elle. Je vous attendais.

Je porte vite mon regard vers Pierre-Luc et ne décèle aucune pointe d'angoisse dans le sien. Je suis stupéfait. Une seule pensée me vient à l'esprit: «Pauvre Pierre-Luc! Il ne réalise pas encore ce qui se passe!»

– Bon, mes amis, poursuit Marilou, Émilie voudrait profiter du retour de Fabien et de ce beau moment pour vous dire quelque chose d'important. Je lui cède tout de suite la parole et la laisse vous présenter une personne très spéciale pour elle.

Je m'affole.

– Euh…, baragouine Émilie au départ, je… je vous présente mon nouvel ami, Patrick.

«Ouille, ouille, ouille! Ça part très mal!» je songe, grimaçant et fixant toujours notre jeune voisin, qui ne semble pas plus inquiet que tout à l'heure.

– Je le connais depuis peu de temps. Mais je l'aime déjà beaucoup!

«Ouille, ouille, ouille, ouille, ouille!… C'est pire que pire!»

– Et j'espère que vous allez l'aimer autant que moi.

« Ça, ça me surprendrait beaucoup de la part de Pierre-Luc... » je me dis, en me demandant si je ne devrais pas quitter l'endroit tellement je trouve la situation insupportable.

– Je suis très fière d'être sa marraine..., poursuit ma Douce.

Sa quoi ?

– Patrick est intelligent, gentil et très affectueux. Et c'est un grand ami des fleurs. Il en cultive chez lui, avec sa mère. Elles sont vraiment merveilleuses.

– Ce sont d'ailleurs les fleurs de Patrick, au centre de la table, intervient Marilou.

Des murmures d'admiration s'élèvent.

– C'est un champion des fleurs, poursuit Émilie, alors que le sourire de Patrick s'élargit. Sa mère et lui ont même une grande serre dans leur cour.

Ma Douce fait une pause et sort de sa salopette un papier. Je vois briller les yeux de Patrick au bout de la table ; il semble aux oiseaux. Ceux de Pierre-Luc, vers qui je jette un coup d'œil rapide, me paraissent davantage attirés par les sushis que par Patrick…

Je tombe des nues. Et je n'ai encore rien vu.

– Demain, comme c'est le début de la Semaine de la déficience intellectuelle…

Ah non, ce n'est pas vrai ! Je commence enfin à percer le secret d'Émilie… et je me sens le plus nono de tous les chiens de la terre. Mon doute se confirme dès que ma Douce continue :

– Nous avons réalisé un projet à l'école. Comme marraine de Patrick, j'ai promis de m'occuper de lui. C'était un secret ! Il n'y a que maman qui le savait dans la famille…

Et, se tournant vers moi, Émilie ajoute :

– Même pour toi, c'était un secret, mon beau !

Elle poursuit:

– Je voulais vous faire une surprise, à toute la famille... Avant, je devais savoir si Patrick accepterait que je sois son amie. Je crois qu'on s'entend à merveille. Ça tombe bien, moi aussi, j'adore les fleurs. Je vais l'inviter dans ma classe, jeudi. Je souhaite le présenter au plus grand nombre de personnes possible, alors j'ai été le chercher chez lui, tantôt. Et puis, euh... j'ai... j'ai aussi fait un poème pour lui, comme notre enseignante nous le demandait. Euh... je vais vous le lire, si vous voulez.

Des «Oui, oui!» et des encouragements retentissent tout autour de la table. Parmi les plus forts, ceux de Pierre-Luc, de toute évidence bien au courant du projet, puisqu'il est dans la même classe qu'Émilie.

– Cher Patrick, commence Émilie, la voix aussi tremblotante que la feuille dans sa main.

Plein d'entrain et de vie
De gestes brusques et de folies
Costaud mais fragile comme une hirondelle
Le plus affectueux de tous mes amis
Tu es un être exceptionnel

Tes fous rires et tes gros chagrins
Sont des signes de maladie pour bien des
malins
Mais moi, ils me vont droit au cœur
Comme de gros câlins
De vrais instants de bonheur

En cette Semaine de la déficience intellectuelle
Moi, Émilie, la fille la plus loyale
Galoche peut te le confirmer
Je t'offre mon amitié la plus totale
Et je continuerai à te visiter, c'est juré.

– Waaf! Waaf! Waaf!

Mes jappements se mêlent aux félicitations et aux applaudissements qui fusent de partout. Je ne suis plus capable d'arrêter de japper. La joie, la fierté, l'émotion et l'étonnement m'étreignent d'un coup.

– Waaf! Waaf!Waaf!

Voilà donc le poème qu'écrivait ma Douce dans son lit l'autre soir!

– Ma chère Émilie, lance Fabien qui vient de se lever, Marilou et moi, on ne pourrait être plus fiers de toi qu'en ce moment.

Et, s'adressant à Patrick, tout souriant, le grand-gros-barbu de père d'Émilie ajoute:

– Et toi, Patrick, tu seras toujours un ami de la famille. Bienvenue dans cette maison.

Marilou invite aussitôt ses convives à lever leur coupe de vin ou de jus de raisin en l'honneur de Patrick et d'Émilie. Puis, un deuxième toast est porté à la santé retrouvée de Fabien. C'est la fête chez les Meloche... et dans mon cœur !

– Tiens, vieille tarte, on peut bien fêter, nous aussi !

Je me tourne et vois deux belles grosses crevettes par terre, entre Victor et moi. Il a vraiment plus d'un tour dans ses moustaches, celui-là !

– Merci !

– Y a pas de quoi, mon vieux !

Les crevettes disparaissent aussi vite que les soucis des derniers jours.

Tout le monde est passé au salon. Sauf deux personnes. Un peu en retrait, dans le passage, Émilie donne un bisou à Pierre-Luc. Je remarque qu'un joli bracelet scintille à son poignet. Notre jeune voisin était donc au courant du projet d'Émilie, mais il n'a pas pu y participer étant donné les vacances prévues avec son père en Floride.

Je laisse les tourtereaux dans la cuisine et je trottine gaiement vers le salon. Je vois Patrick, assis dans un fauteuil de velours. Une idée saugrenue mais tentante me vient à l'esprit. Je ne peux résister.

En douce, je m'approche de la petite table juste à côté de notre vedette du jour, je lève le museau et, de ma truffe, je pousse le verre d'eau légèrement...

Parfait, personne ne me regarde. Je le fais avancer un peu plus. La voie est libre !

Un dernier coup de museau et...
SPLASH! Voilà Patrick tout mouillé!
J'arbore mon air le plus innocent
possible. Patrick laisse échapper un
petit cri. Autour de lui, on l'aide à
s'essuyer avec des serviettes de table.

– Ce n'est pas grave, Patrick! Ce n'est
pas grave!

– Ça arrive à tout le monde!

«Ça oui, je suis d'accord!» Je ris dans
ma barbichette.

Une fois Patrick seul de nouveau,
dans le fauteuil, il se retourne vers moi
et me lance un regard profond. Oui, je
le vois dans ses yeux, il se souvient du
boyau d'arrosage!

Aussitôt, nos pensées se retrouvent
sur une même longueur d'onde:

– Galoche, on est quittes, pour l'eau?

– OK!

– J'espère que tu vas venir me voir
avec Émilie?

– Certain!

– Tu viens dans mes bras?

– Ça non!

Il n'est pas question de me faire étouffer de nouveau par le trop-plein d'affection du nouvel ami de la famille! Une fois suffit!

En quittant le salon, tout heureux de cette fin de journée mouvementée, je me dis: «Que je n'entende jamais personne dire que mon ami Patrick est fou... sinon je lui arrache le fond de culotte, foi de Galoche! Hi, hi, hi!»

Auteur : Yvon Brochu
Illustrateur : David Lemelin

Romans

1. Galoche chez les Meloche
2. Galoche en a plein les pattes
3. Galoche, une vraie année de chien
4. Galoche en état de choc
5. Galoche, le vent dans les oreilles
6. Galoche en grande vedette
7. Galoche, un chat dans la gorge
8. Galoche, sauve qui pique !
9. Galoche, haut les pattes !
10. Galoche, c'est parti, mon frisbee !
11. Galoche, la broue dans le toupet
12. Galoche, cauchemars à la queue leu leu
13. Galoche aux oscars
14. Galoche, héros malgré lui !
15. Galoche, tout un cadeau !

BD

1. Galoche supercaboche
2. Galoche supercaboche et le club
   des 100 000 poils
3. Galoche supercaboche et les Jeux olympiques

www.galoche.ca

MARQUIS

Québec, Canada

RECYCLÉ
Papier fait à partir
de matériaux recyclés
FSC® C103567